A Pau Conde,
que vence a dragones morados.

- Carmen Gil -

Para mis pequeños héroes, Joel, Edith y Gabriel,
que han derrotado ya a enormes dragones.

- Marta Munté -


Calle Claveles, 10 | Urb. Monteclaro | Pozuelo de Alarcón | 28223 | Madrid | España
www.cuentodeluz.com

ISBN: 978-84-16078-20-2

Impreso en China por Shanghai Chenxi Printing Co., Ltd., abril 2014, tirada número 1426-1

# KIBO
# Y
# EL DRAGÓN MORADO

CARMEN GIL
MARTA MUNTÉ

A Kibo le gustaban tres cosas más que nada en el mundo: dar de comer hojas de lechuga a su tortuga, tirarse cabeza abajo por el tobogán del parque y hacer muecas divertidas delante del espejo de su dormitorio.

Aquella mañana, a Kibo se le había ocurrido una nueva mueca: despegarse las orejas con la punta de los dedos y sacar la lengua hasta tocarse la nariz. En cuanto terminó de desayunar, corrió escaleras arriba y se puso sonriente delante del espejo.

Pero mientras estiraba la lengua y se desabrochaba las orejas, algo terrible ocurrió. Por la ventana abierta se coló un dragón escamoso y de color morado. Y, en menos que un gato dice miau, se colocó detrás de Kibo, como una sombra.

Kibo se asustó tanto que empezó a correr.

Corrió hasta el árbol gigante de la plaza, ese en el que todos decían que vivía un duende;

hasta la mansión *abandonada*,
de la que procedían ruidos
requetemisteriosos;

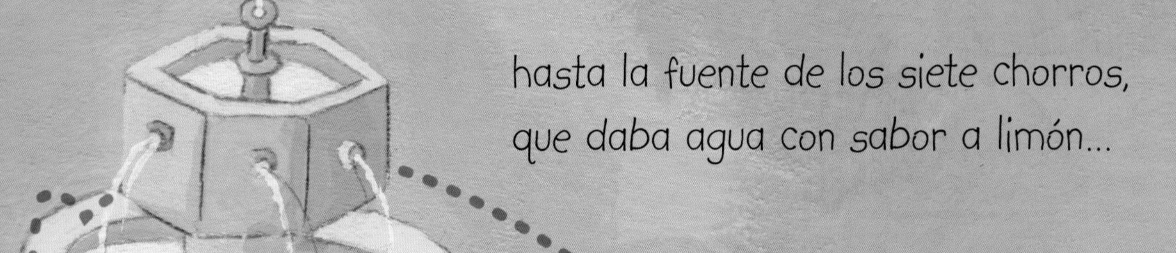

hasta la fuente de los siete chorros,
que *daba* agua con *sabor* a limón...

Pero, al volver a casa y mirarse al espejo,
¡el dragón *seguía* detrás de él! Un poco
más morado y un poco más grande que
la última vez.

«¿Qué puedo hacer?», se preguntó.

Kibo pensó y pensó, hasta que se le ocurrió una gran idea:

«Daré la vuelta al mundo. Seguro que el dragón morado no podrá seguirme».

Agarró su mochila, metió su camiseta de rayas y, sin atreverse a volver la cara, salió de casa, dispuesto a ver mundo.

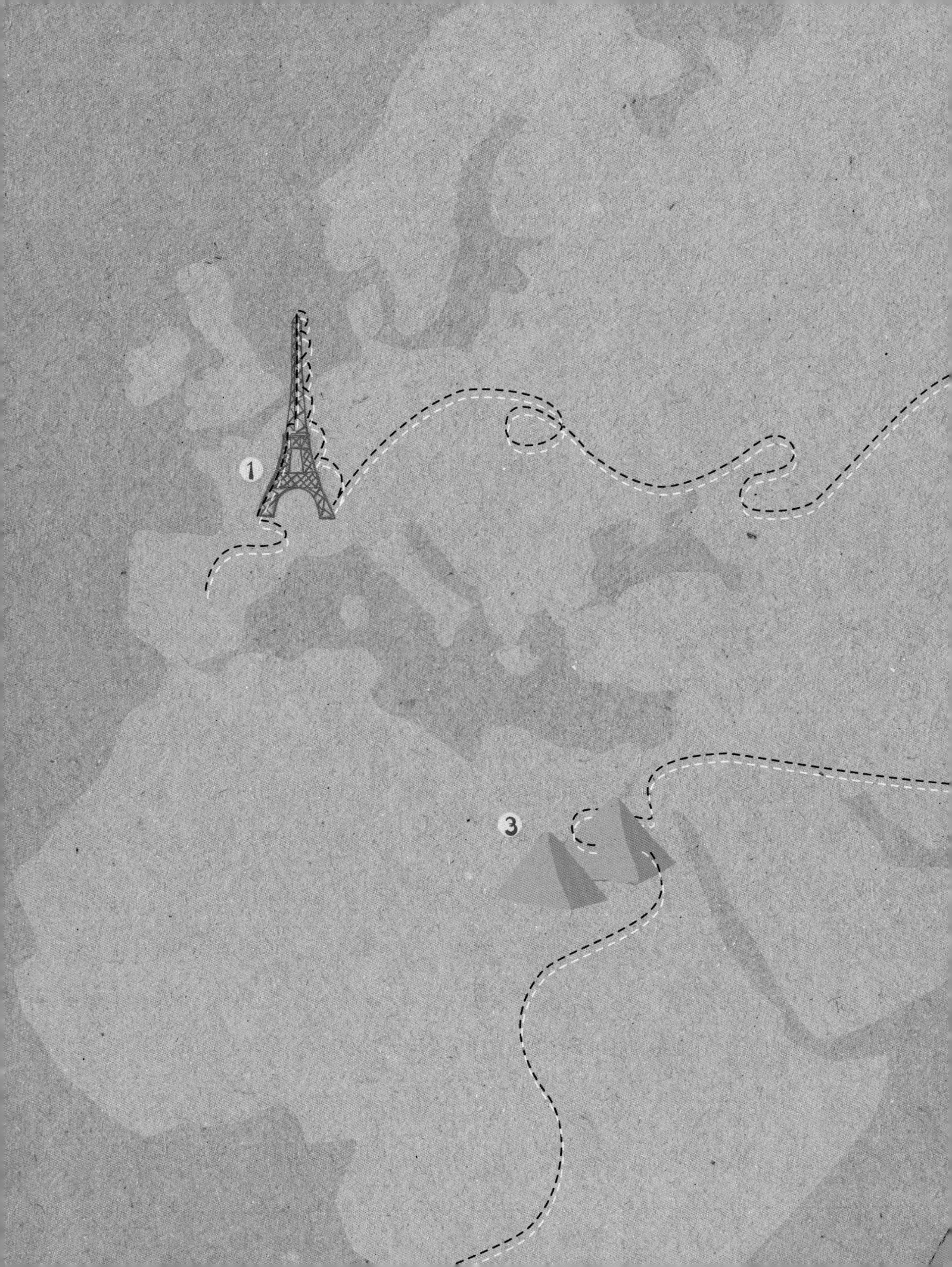
1
3

Kibo subió los más de mil seiscientos escalones de la Torre Eiffel, se recorrió enterita la Gran Muralla china, se adentró en los laberintos de una pirámide de Egipto...

Después paseó por la sabana africana, caminó durante tres días para llegar al Machu Picchu, subió en ascensor a la terraza del Empire State Building... Y allí arriba, viendo cómo la aguja del edificio le hacía cosquillas en la barriga a una nube del crespúsculo, pensó que era el momento de regresar.

NO
TURNS
1329-1325
Broadway
West 34th St

Pero, cuando llegó a casa y se miró al espejo, el dragón morado seguía allí, pegadito a su espalda. Un poco más grande y un poco más morado que la última vez.

«¿Cómo me voy a librar de este monstruo?», se preguntó. Kibo le dio vueltas y vueltas a la cabeza, hasta que encontró la solución:

«Claro. ¡Eso es! Haré un viaje espacial. No hay dragón, por muy morado que sea, que pueda seguirme hasta Marte».

Con su traje de astronauta, que lanzaba destellos de plata, y su nave espacial, Kibo llegó a Marte, el planeta rojo. El niño flotó entre cráteres, campos de lava y volcanes.

Allí conoció a un marciano
con un ojo y cuatro pies,
que contaba chistes en verso:

«Le decía ayer temprano
un gusano a otro gusano:
"Voy a dar esta mañana
una vuelta a la manzana"».

A la velocidad de la luz, Kibo hizo un viaje interplanetario. ¡Casi se quema al acercarse a Venus! Con su abrigo de nubes, era el más caliente de todos los planetas. ¡Y el más brillante...! Cuántas veces lo había mirado el niño desde su ventana. «Es la estrella de la tarde», le decía mamá. Y a Kibo le encantaba cerrar los ojos fuerte y pedir un deseo.

—Que el dragón desaparezca —pidió esta vez.

Y, a la velocidad de la luz, volvió a casa.

Una vez en su habitación, se dirigió cabizbajo al espejo. Nada más levantar la mirada, descubrió al dragón. Un poco más grande y un poco más morado que la última vez.

«¿Qué voy a hacer ahora?», se preguntó.

Y después de cavilar y discurrir hasta que empezó a echar humo su cabecita, dio un grito:

«¡Ya sé! Bajaré al fondo del mar».

Vestido de hombre rana, Kibo buceó hasta una pradera marina. Allí vio caracolas, estrellas de mar, erizos, cangrejos... Y se quedó patidifuso cuando conoció a Dugongo, un enorme sirenio carichato, apacible y simpático, que lo invitó a un suculento banquete de algas.

Después de comer algas estofadas, algas en salsa verde y algas en escabeche, Kibo sintió que debía volver a casa.

Hecho una sopa, frente al espejo de su dormitorio, comprobó que detrás de él seguía el dragón. Un poco más grande y un poco más morado que la última vez.

«¿Habrá alguna manera de librarse de él?», se preguntó. Y tras pasarse horas devanándose los sesos, una enorme sonrisa se dibujó en su cara.

«¡Claro! ¿Cómo no se me había ocurrido antes? Lo mejor para alejar a un monstruo es dejar de pensar en él».

Kibo abrió un libro de fantasía, el más gordo que encontró en la biblioteca, y se puso a leer.

Se sumergió en un mundo de hechiceros, duendes, caballeros, brujas con escoba...

Conoció al hada Margarita, que, en vez de convertir sapos en príncipes, los convertía en huevos fritos,

y a la princesa Bonifacia, que estaba hasta la corona de esperar a su príncipe azul.

Pero a este libro le pasaba como a todos: tenía un final. Así que, cuando acabó de leer, Kibo sintió de nuevo la presencia del dragón.

Y cuando se miró al espejo...
¡Allí estaba! Más morado
y más grande que nunca.

Kibo, harto de huir, decidió que había llegado la hora de hacerle frente. Llenó sus pulmones de aire para inflarse de valor, apretó los dientes, se puso rojo como un tomate y... ¡volvió la cabeza!

Entonces ocurrió el milagro. Cuando Kibo se lo encontró cara a cara y lo miró a los ojos, el dragón salió volando por la ventana abierta tirando de una maleta enorme. De pronto, el niño se sintió ligero como una pluma y empezó a dar saltos de alegría. Y ¿sabes qué cuentan? Pues que dentro de la maleta el dragón llevaba todo el miedo de Kibo.

A un dragón, es cosa clara,
hay que mirarlo a la cara;
que los monstruos, frente a frente,
se espantan rápidamente.

Aquella tarde, sin miedo en el corazón, Kibo pudo hacer las tres cosas que más le gustaban en el mundo: dar de comer hojas de lechuga a su tortuga, tirarse cabeza abajo por el tobogán del parque y hacer muecas divertidas delante del espejo de su dormitorio.